# Petit Ours Brun
## a perdu son doudou

Marie Aubinais • Danièle Bour

bayard jeunesse

Petit Ours Brun
a perdu son doudou.
Il le cherche partout
dans son lit.

Petit Ours Brun
appelle sa maman.
Il dit : – Maman,
mon doudou,
il n'est pas ici !

Petit Ours Brun ne sait pas
où est son doudou.
Sa maman dit :
– Essaie de t'en souvenir.

Petit Ours Brun
attend tristement.
Sa maman cherche.
Son papa cherche aussi.

Petit Ours Brun
n’a pas son doudou.
Il ne peut vraiment
pas dormir.

Petit Ours Brun
crie soudain :
– Ah oui !
Dans mon camion,
ah oui, oui !

Petit Ours Brun rit
en retrouvant son doudou.
Son papa dit :
– Qui va dormir,
maintenant ?

# Découvre d'autres aventures de Petit Ours Brun :

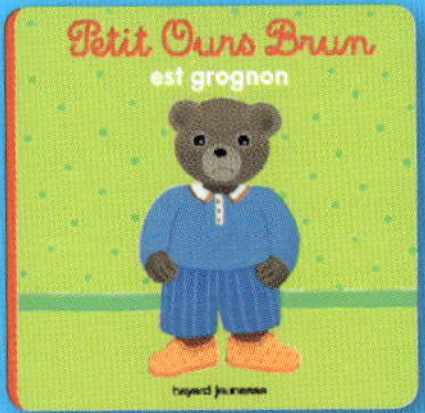

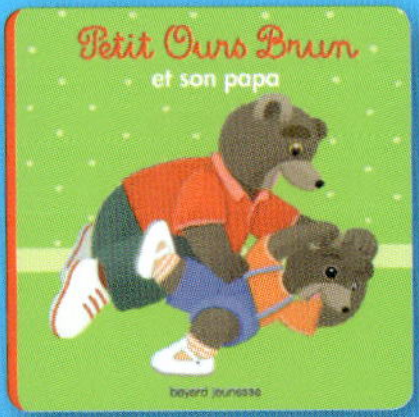